JULES VERNE

VOYAGE AU CENTRE DE LA TERRE
—1—

adaptation et scénario : Luc Dellisse
dessin et couleurs : Claude Laverdure

Claude LEFRANCQ ÉDITEUR

AVERTISSEMENT

Librement inspiré d'un des chefs-d'œuvre de Jules Verne, cette adaptation est d'abord un hommage à l'imagination pure. Elle respecte l'argument du roman, ses personnages et la mythologie sous-jacente. Mais elle vise à accélérer le rythme du récit et à renchérir sur les émotions et sur l'humour, pour adapter l'action à la sensibilité moderne, et rendre pleinement visible ce qui n'était que suggéré…

Les Auteurs

Conception graphique: Laverdure
© 1993 Claude Lefrancq Editeur
386, chaussée d'Alsemberg, 1180 Bruxelles
Tous droits de reproduction, de traduction et d'adaptation
strictement réservés pour tous pays.
D/1993/4411/032
ISBN 2-87153-142-0

Imprimé en Belgique par PROOST
en septembre 1993

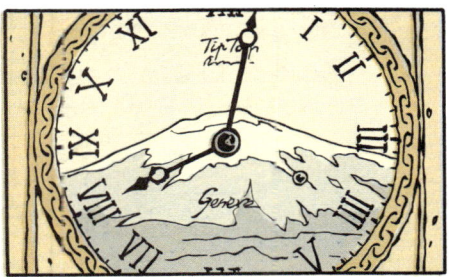

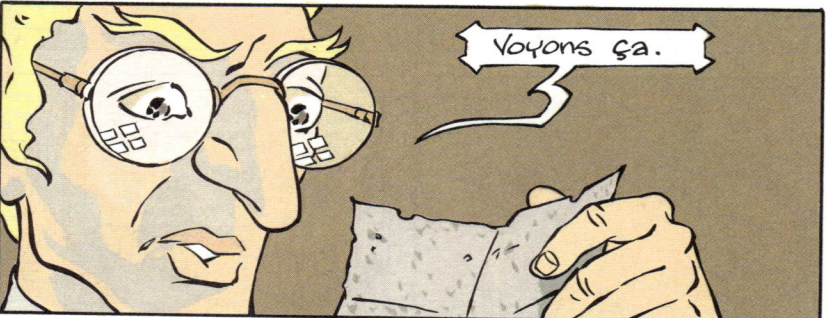

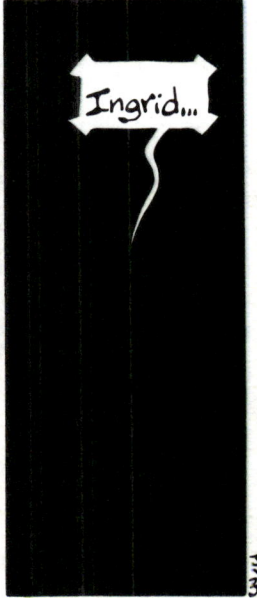

Alors? Remise de ses émotions ?
Oui... C'est-à-dire non.
Ma robe de bal est fichue...
Charmant. Tu dois avoir un joli petit corps.
Laissez-moi !
Comme tu veux...
Non ! Restez!
?
?!
Dis donc. Tu es drôlement délurée, pour une fille de minéralogiste.
Comment savez-vous ça ?
!
Petite sotte.
Vous n'êtes pas journaliste, hein ?
Non.

— FA-BU-LEUX !

— Une phosphorescence naturelle ?

— Qu'est-ce que c'est que ça ?

— J'ai peut-être à mes pieds les ossements d'Arne Saknussemm.

— Mais non, je suis bête. S'il était mort...

— Ça brûle !

— On dirait que ça remonte par ici.

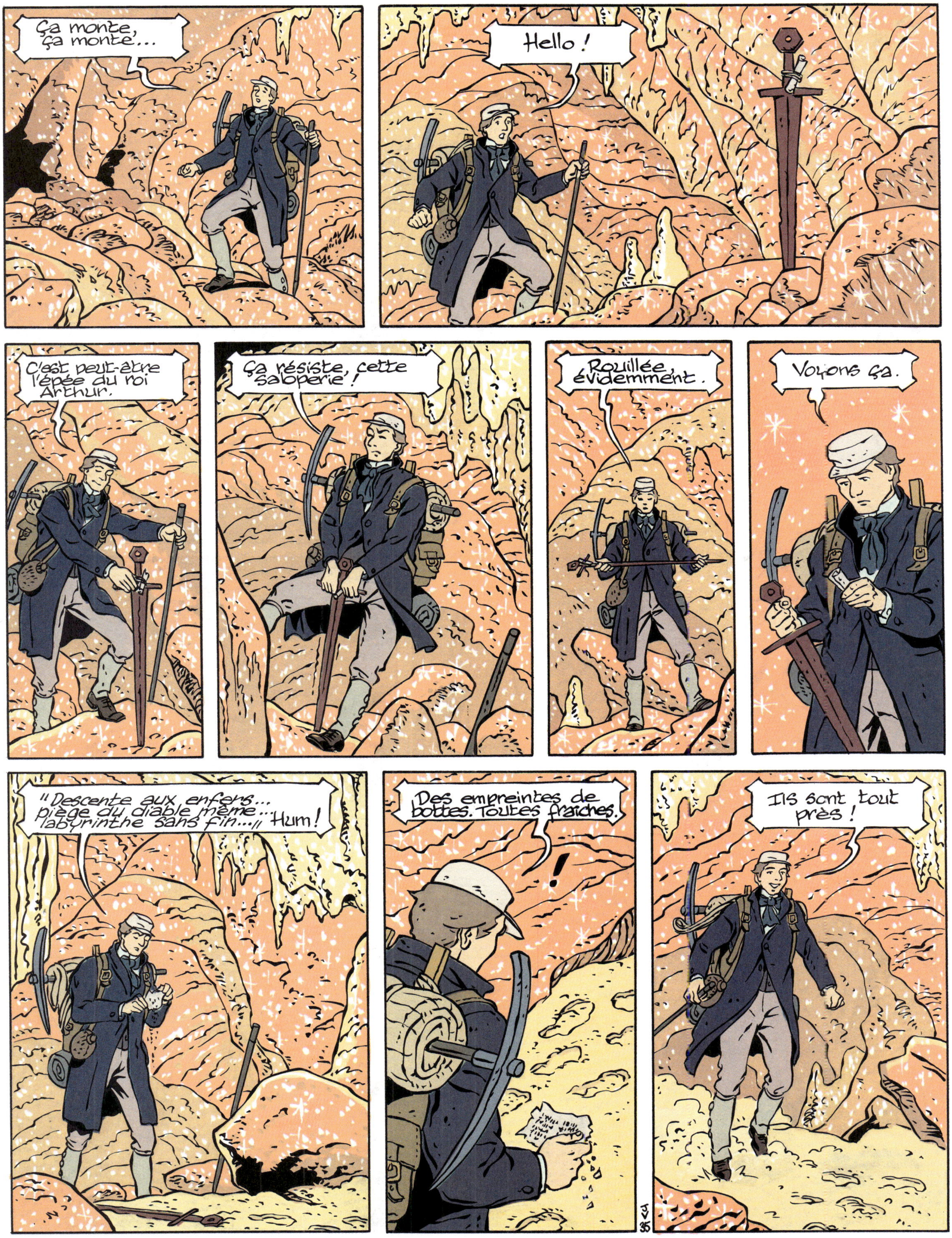
Ça monte, ça monte...
Hello !
C'est peut-être l'épée du roi Arthur.
Ça résiste, cette saloperie !
Rouillée, évidemment.
Voyons ça.
"Descente aux enfers... piège du diable même... labyrinthe sans fin..." Hum !
Des empreintes de bottes. Toutes fraîches.
!
Ils sont tout près !

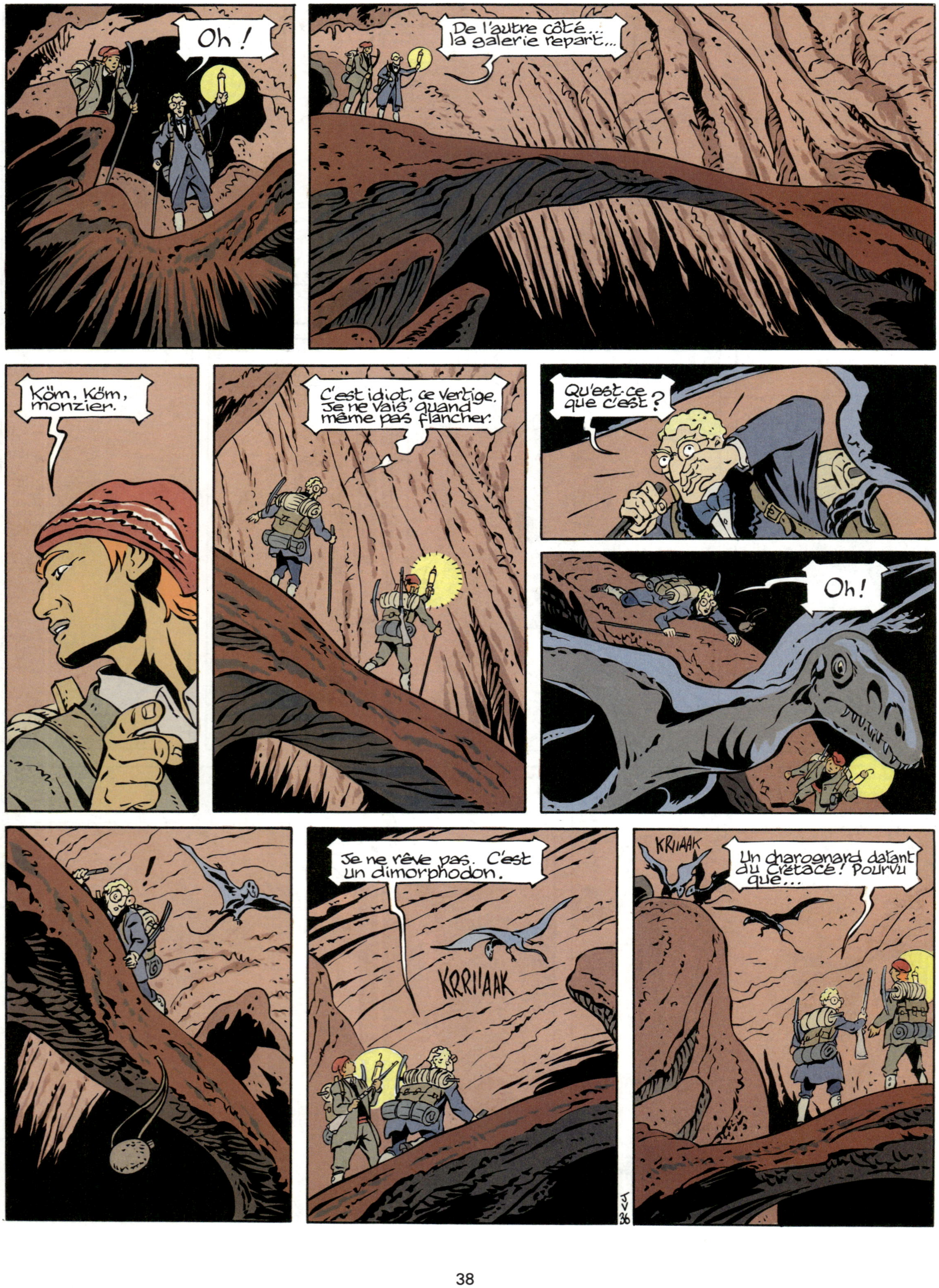
Oh !
De l'autre côté... la galerie repart...
Köm, Köm, monzier.
C'est idiot, ce vertige. Je ne vais quand même pas flancher.
Qu'est-ce que c'est ?
Oh!
!
Je ne rêve pas. C'est un dimorphodon.
KRRIIAAK
KRIIAAK
Un charognard datant du Crétacé! Pourvu que...
JV 36

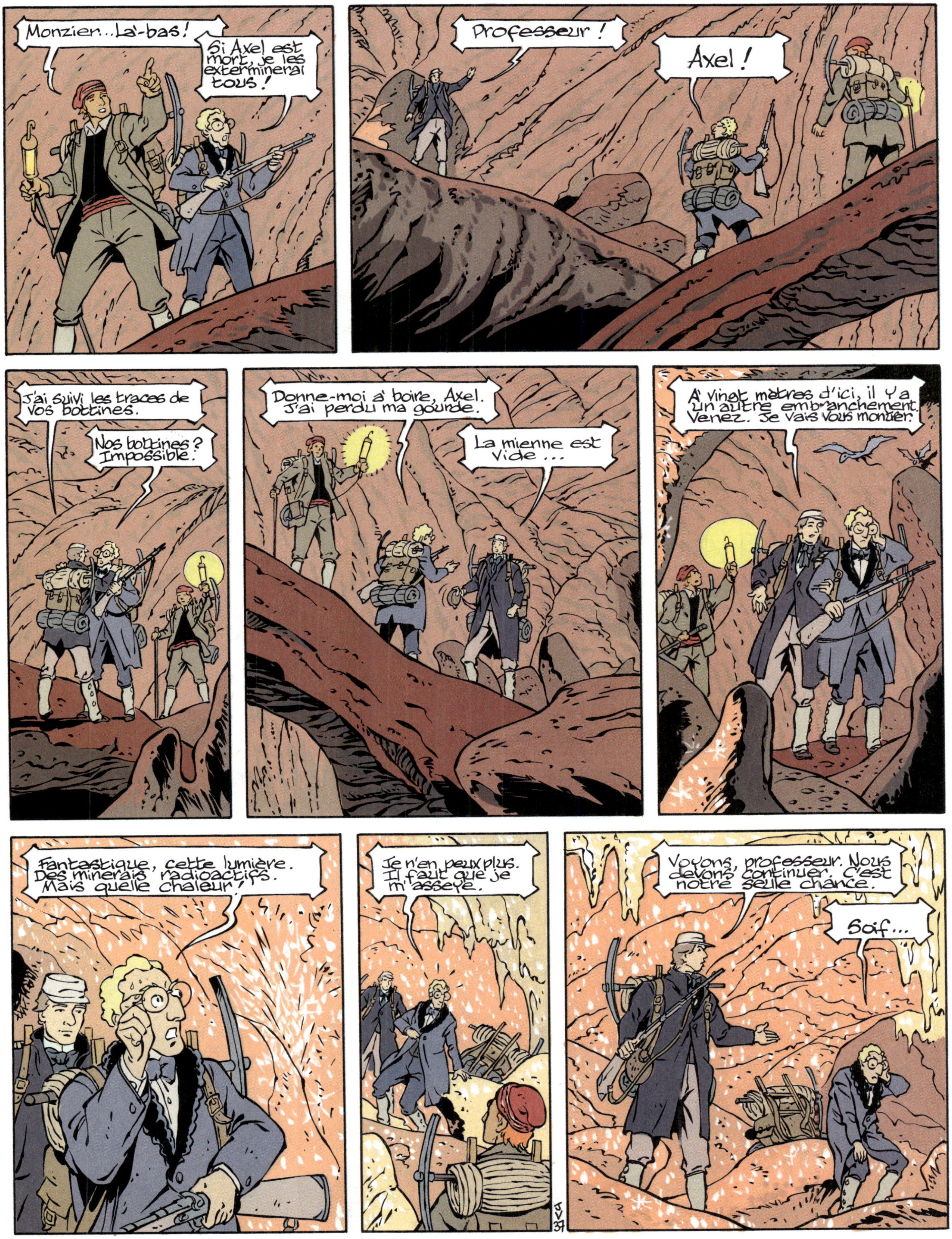
Monzien... Là-bas!
Si Axel est mort, je les exterminerai tous!
Professeur!
Axel!
J'ai suivi les traces de vos bottines.
Nos bottines? Impossible.
Donne-moi à boire, Axel. J'ai perdu ma gourde.
La mienne est vide...
A vingt mètres d'ici, il y a un autre embranchement. Venez. Je vais vous montrer.
Fantastique, cette lumière. Des minerais radioactifs. Mais quelle chaleur!
Je n'en peux plus. Il faut que je m'asseye.
Voyons, professeur. Nous devons continuer. C'est notre seule chance.
Soif...

Ça commence à faire long!	Mon petit monsieur, je crois que nous sommes perdus. Regardez!	Une boucle métallique.
Mais bien sûr! C'est la boucle de votre sac. Ça signifie que nous tournons en rond.	Vous croyez? Tournez-vous. Je vais vérifier.	
POK OW!	Salope... salope...	Par où aller, maintenant?

Essayez au moins de manger quelque chose, professeur. Ça vous fera du bien...
Imbécile ! Du boeuf déshydraté ! Avec quoi veux-tu qu'on le réhydrate, si on n'a pas d'eau ?
Calmez-vous !
Tiens ? Où est Hans ?
Tu crois qu'il nous a abandonnés ?
Possible. Il est plus résistant que nous. Il a le droit de tenter sa chance...
Monzier, venir foir !
Qu'est-ce qu'il mijote ?
Là ! Hörch ! Glouglou...
?
Ça y est ! La soif l'a rendu fou !
!

Non! J'ai compris! Il y a de l'eau derrière ces roches!
C'est drôlement épais.
!?
Reculir! Bitte!
KRAK
Avec la régularité d'une machine, Hans frappe sans répit le même point de la muraille.
Soudain, c'est le miracle!
AH! AH! Magnifique!

- Il peut courir. Il ne m'aura pas.

- Toute cette flotte... Qu'est-ce que c'est ?

- Venez ici, Ingrid.

- Un coup d'alpenstock dans le bide... Ça vous tente ?

- Je vais vous...
- Lâchez-moi ça !

- Cette fois, ton compte est bon !

TINK

- Ecoute bien, petite dinde...

- HAUT LES MAINS !

L'eau... La merveille des merveilles !
Ne buvez pas trop vite, professeur !
SLURP
Oh, ça va !
Penser, ça déshydrate. Ce n'est pas à toi que ça risque d'arriver.
Méchanceté gratuite ! Enfin... Pensons plutôt à nous remettre en route.
Chemin... Suivre l'eau...
Bien raisonné, Hans. C'est toi qui devais être mon assistant.
Ça s'accélère. Une chute d'eau. Oh !
Regardez ça. Je rêve, ou quoi ?
Timmermans !
Passez-moi ce fusil.
HAUT LES MAINS !

Bravo !
Vous, je ne vous connais pas, mais vous avez une bonne tête de sauveur. Merci ! Merci !
Charmé de vous revoir, professeur !
Mon cher Timmermans, soyez prudent. Je n'y connais rien en armes à feu. Le coup pourrait partir tout seul.
AÏE ! Doucement !
Allons. Ne soyez pas si douillet.
Et maintenant ?
On continue en longeant ce torrent. Il n'y a rien d'autre à faire.
Alors, monsieur Timmermans. On ne rit plus ?
Oh ! Je vous ai juste déclaré ma flamme... peut-être un peu crûment.
Une flamme ! Vous appelez ça une flamme, vous ?
Ça c'est le bouquet !

Une mer intérieure !
Elle s'étend à perte de vue. Cette fois-ci, c'est le bout de la route...
Pas sûr. Voilà des runes !
Audax viator... tu es parvenu jusqu'ici... Le plus dur reste à faire... De l'autre côté... de cette mer... un univers inouï t'attend... Découvre-le... au péril de ta vie...
Ta voix tremble, Axel ! Tu as la pétoche ?
Le découvrir ? Avec quoi ? On n'a pas de bateau.
Tu sais ce que c'est, un radeau ?
JV44
Hans, qui a tous les talents, va nous en construire un...
... grâce à quoi nous allons découvrir cet univers inouï dont parle Saknussemm.
Ça promet encore de sacrées surprises.
FIN
du tome 1
Laverdure 93
Scénario: DELLISSE.

A PARAÎTRE

COLLECTION
JULES VERNE

VOYAGE AU CENTRE DE LA TERRE
—2—

La descente dans les entrailles de la planète se poursuit. Nos héros sont arrivés à mi-parcours. La faim, la soif, la folie les environnent.

Mais ce n'est encore rien.

Ce royaume des profondeurs recèle une population étrange : animaux préhistoriques… singes pensants qui attendent depuis des siècles l'invention du feu… machines à images qui témoignent sans doute du passage immémorial d'une société extraterrestre…

L'expédition au centre de la Terre ressemble à une descente aux enfers. Tout au fond, la mort guette, sous le masque de l'hallucination.

PAR LES MÊMES AUTEURS

FANTOMAS

A paraître
dans la collection B.Détectives :

Le mort qui tue

Peut-on être mort et commettre des crimes ?

Peut-on être innocent et avoir froidement assassiné plusieurs personnes ?

Impossible, n'est-ce pas ?

Mais avec Fantômas, l'impossible devient réel.

Ni le génie de Fandor, ni l'énergie de Juve, ne pourront empêcher les horreurs du « mort qui tue ».

Déjà disponibles dans la même collection :

L'affaire Beltham
Juve contre Fantômas

CHEZ LE MÊME ÉDITEUR :

BANDE DESSINÉE

BDétectives

0 Edmund BELL : «L'ombre rouge»
1 Monsieur WENS :«Six hommes morts»
2 Arsène LUPIN : «Le bouchon de cristal»
3 ROULETABILLE : «Le fantôme de l'Opéra»
4 Sherlock HOLMES : «La sangsue rouge»
5 Edmund BELL : «L'ombre noire»
6 Nero WOLFE : «Les compagnons de la peur»
7 Arsène LUPIN : «813» • La double vie
8 FANTÔMAS : «L'affaire Beltham»
9 Monsieur WENS :«L'ennemi sans visage»
10 ROULETABILLE : «Le mystère de la Chambre jaune»
11 Abbé BROWN : «La croix de saphir»
12 Arsène LUPIN : «813» • Les trois crimes
13 Edmund BELL : «Le diable au cou»
14 ROULETABILLE : «Le parfum de la dame en noir»
15 FANTÔMAS : «Juve contre Fantômas»
16 Sherlock HOLMES :«Le chien des Baskerville»
17 Nero WOLFE : «La cassette rouge»
18 Edmund BELL : «La nuit de l'araignée»
19 Edgar WALLACE: «Le serpent jaune»
20 Monsieur WENS :«L'assassin habite au 21»
21 Arsène LUPIN : «La demoiselle aux yeux verts»
22 ROULETABILLE : «La poupée sanglante»
23 Edmund BELL : «Le train fantôme»
24 Sherlock HOLMES : «La béquille d'aluminium»
25 ROULETABILLE : «La machine à assassiner»

BDévasion

1 TNT : «Octobre»
2 BIGGLES : «Le cygne jaune»
3 CHALLENGER : «Le monde perdu» • 1
4 Carland CROSS : «Le golem»
5 TNT : «Les 7 cercles de l'enfer»
6 Le MALTAIS : «On peut toujours négocier»
7 BIGGLES : «Les pirates du Pôle Sud»
8 Le YANKEE : «Sombre mardi-gras»
9 CHALLENGER : «Le monde perdu» • 2
10 Carland CROSS : «Le dossier Carnarvon»
11 Johnny CONGO : «La rivière écarlate»
12 BIGGLES : «Le bal des Spitfire»
13 TNT : «La horde d'or»
14 Carland CROSS : «Tunnel»
15 Le MALTAIS : «Les 7 samouraïs et demi»
17 Johnny CONGO . «La flèche des ténèbres»
18 BIGGLES : «Biggles raconte la bataille d'Angleterre»
19 Space GORDON : «Les 7 périls de Corvus»

Maigret

1 «Maigret et son mort»
2 «Maigret tend un piège»

Bob Morane

1 «L'oiseau de feu»
2 «Le secret de l'Antarctique»
3 «La terreur verte»
4 «Les tours de cristal»
5 «Le collier de Çiva»
6 «La piste des éléphants»
7 «Échec à la Main Noire»
8 «La vallée infernale»
9 «La chasse aux dinosaures»

Uderzo

1 BELLOY : «Chevalier sans armure»
2 Luc JUNIOR : «Les bijoux volés»
3 Jehan PISTOLET : «Corsaire prodigieux»
4 BELLOY : «La princesse captive»
5 Luc JUNIOR : «Le fils du Maharadjah»
6 Jehan PISTOLET : «Corsaire du Roy»
7 BENJAMIN ET BENJAMINE : «Les naufragés de l'air»

Il était une fois ...

1 MÉTÉOR Tome I
2 MÉTÉOR Tome II

LITTÉRATURE

Attitudes

André TILLIEU : «Cherche-Bonheur»
Jean RAY : «Jack de Minuit»
André-Paul DUCHÂTEAU : «Crimes par ricochet»
Paul COUTURIAU : «Boulevard des Ombres»
MAULWURFFRAU : «Le sac à fouilles de Ricet Barrier»
Nadine MONFILS : «La vieille folle»
John FLANDERS : «Les joyeux contes d'Ingoldsby»
André-Paul DUCHÂTEAU : «Sherlock Holmes revient»
Michèle MORHANGE : «Fausse note»
Jean RAY : «La guillotine ensorcelée»

Attitudes Best-seller

Clive CUSSLER : «Mayday !»

Volumes

Jules VERNE : «Vingt mille lieues sous les mers»
Henri VERNES - Bob Morane : «Ananké»
Henri VERNES - Bob Morane : «Le cycle du temps • 1»
Henri VERNES - Bob Morane : «Le cycle du temps • 2»
Jean VAN HAMME : «Largo Winch • 1»

Bob Morane Pocket

1 «La vallée infernale»
2 «La galère engloutie
3 «La griffe de feu»
4 «La panthère des hauts plateaux» (inédit)
5 «Le sultan de Jarawak»
6 «Le secret des Mayas»
7 «Les chasseurs de dinosaures»
8 «La guerre du cristal» (inédit)
9 «Échec à la Main Noire»
10 «La fleur du sommeil»
11 «L'empereur de Macao»
12 «Les larmes du soleil» (inédit)
13 «L'orchidée noire»
14 «Les compagnons de Damballah»
15 «Les géants de la Taïga»
16 «Les démons de la guerre» (inédit)